樂 府

·

心里满了，就从口中溢出

因思念而沉着

巴哑哑 著

北京联合出版公司
Beijing United Publishing Co.,Ltd.

〈辑壹〉因思念而沉着
———————— chapter one

〈辑贰〉请独自享用你的冰雪
———————————— chapter two

〈辑叁〉一切令人心醉的事物

—————————————————————— chapter three

〈辑肆〉日常风景
———— chapter four

辑壹·

因思念而沉着

正当一个快乐的节日

正当一个快乐的节日
夜还不太深
我站在一个路口
看焰火直冲上天空
车辆亮着灯，河水一样
从身边流过……

我想，不管现在你在哪里
正在做什么，这都是你
离我最近的时刻——
像一条岸
安静地，紧贴着河水……

二〇〇六

一朵花的灵魂

一个夏天
在邻居静悄悄的庭院
我攀折过一枝月季
它的茎断了
脸垂下来，搭在枝叶间
像打碎的琉璃瓶
芬芳流溢，注入我的手心

像一个梦游人
我忽然惊醒
这是在做什么呢
如果我倾心爱上了它？

...

长大后

我见到了更多的花

更美或更名贵

但只要遇见月季

都会把鼻子凑上去

深深地嗅

如同一朵花的灵魂

从那时起

一直跟随着我

因思念而沉着

有一段时间了，不论在什么地方
只要想到你，我就会宁静
我一个人走路，你走在我身后
我睡觉，你和我一同睡去
醒来，你仍在我心中

曾经我迷恋那些早逝者，对世界
好奇而少有耐心
但现在，我留恋你
这留恋和对父母的留恋一样
长久，没有缘故

就像果实在秋天生成密闭的木核
这纯粹自然的秘密
我的心也因思念而沉着，而紧锁
人们说，柔和的心有智慧
我不要智慧，只要柔和

秋日

第一辑　因思念而沉着

半个秋天过去了，我
还迟迟不能开口

当我走在夜晚的大街，或搭乘
一辆空旷的末班车时，我的爱
在远处一栋灰色的楼房里

他也在犹疑——这我知道
爱若没有勇气，就需要温暖的季候
季候需要等待

我如何得知这一切？

噢，当我穿过哑默无言的夜晚
路灯低垂的头，和白杨在高处
呼啦啦的声响，都这么说

——二〇〇七

随秋日而来：剑麻

整个夏天它都在建造
为着将自己树为一个完全的敌人
和世界的广大相对

然而更多的
是在自身的矛盾中
尝试世界的无垠

秋日降临
微风斜吹着它的叶片
像有人嘴唇贴着刀片低吟

来不及从中心
竖起那座白色的灯塔了
但季候将赐予它宁静
与冷漠的尊严

如同生活赐予我们
微小的欢乐，持久的空旷

植物志 · 剑麻

雨中的剑麻像是朋友来访
我知晓它的名是在夏天
忘了，又想起来
再次见到就在心里重复

这是剑麻
剑麻是它的名

在绿色的剑丛之上
抽出高高的茎
在茎上缀满白花
白而无香

你是我迟早会爱上的故土

今天我又见到了你
在生物园，在植物们中间

羽叶茑萝举着熄灭的花
青色的小枣落了一地

向西转了，秋天的第一个太阳
有一种回到童年的感觉

冬日·纪事

12月15日，在公园的湖边
我为一个孩子表演
如何把冰块捞上来，再用力扔向远处
那些冰寒光闪烁，夹着柳树的枯枝

一次又一次，迎着太阳刺眼的光
我把它们掷向对岸浅灰色的小树林
接着听到湖面上一声碎裂的清响
和那个孩子在身后快乐的叫喊

神秘的事发生了
我爱上了这个游戏
每当我弯腰捡起冰块
都感到握住了一颗玻璃之心
它将我手心的温暖瞬间吸走
并要求我立刻起身，扬手
送它去远处，去破碎

静夜思

愿你早晨一出门
就看见路边那排碧绿
又茂密的柳树
在清寒里枝条拂摆，到了
最不舍的时候

愿你由此想起来
今年，去年，以及
很多个遥遥的春天，那些
说出和未说出的话
那些难以成真的愿望

愿你能再将它们
从乌有中一一召回
温暖今晚又冷又长
的暗夜。当你叹息时
有另一声叹息相随

...

我已不再经常想到你了

但，愿我每一回想到你时

你的心都正感受着

尘世少有的轻松、快活

还有少年的天真

快乐的事

夜晚的霭散去
这是 2007 年最后的几个早晨

甩着胳膊走在大街上
一种勇往直前的豪迈之情

惠特曼，惠特曼
没有比昂首阔步更快乐的事

对她说

这个早晨一直在重复
我去见她。我走在路上，我
永远走在路上

每一张掠过的年少的脸
都让我想起她
甚至一双孩子的手

树的摇动加剧这些
没有名称的思念
她老了吗？还是她年轻如昔

一杯酒能带来什么
一个暂时忘却大地悬空的夜晚
撒手而去的时间，去吧
暂时忘却

今天我出门去参加她的葬礼
我不再能与她同行

洗劫你的火现在洗劫我

对你的爱
是时间对我的教育

热情已成灰烬
一场火刑。被烟熏黑的前额
恢复了明净。智慧在冷灰中
心又如何，我不敢问询

燃烧过，一直燃烧下去
但我看见的只是
幻影。那真实的火焰
是我自己，噼啪燃上脚背

是这样，不能出声
因洗劫我的，正是从你而来

二〇〇七

冬日·歌谣

噢，我迷恋金色的火焰
一棵小树裸着腿从窗下跑过
它跑得多么轻快！

噢，我迷恋灰色的薄雾
像有人在半空张着嘴哈气
落在这光滑的玻璃样的世界上！

噢，我迷恋你
我心中精美而秘密的构思
一个只能从侧面完成的肖像！

噢，这些小小的迷恋
有时什么也抵不上
不如干脆让时间白白流过！

—————— 二〇〇八

时序与短歌

1

又一次，树叶开始摇落
如同人们分离又回到原地

看哪，这棵树
它正做着和去年一样的事

2

在一座果园觉得自己
真不该夸夸其谈

当你入睡，像石头沉入井底
苹果树还在星夜下劳作

...

3

谁知道一枚果实的味道
究竟为什么与另一枚不同？

因为这里有
一棵脾气暴躁的苹果树
和一棵慢条斯理的苹果树
以及一棵爱思考的苹果树
和一棵害羞的苹果树……

4

我该去种植番薯
种满一块地望不到边儿

再给南瓜选一块肥沃的田地，收拾平整
好让她的花一朵和另一朵恋爱

···

5

每个秋天都令人想起
春天，一朵云飞来

在雨点落下之前
所有的萝卜籽都已种下

如今我们怎样回顾往昔
带着庆幸或惋惜

6

我该做什么？
有时我两手相握，感到心
因时间流逝的撞击而抽紧

它像种子一样，在沉睡中梦见活着
却不敢像种子一样死去

———————— 二〇〇八

彩虹谷

我一直记得那时，一个春天
你和我，站在路边木制的远望台上
面朝它敞开绵延的南北走向
如聆听一个深远的召唤

彩虹的拱门低垂，鲜花
装饰着山脉硬朗洁净的前额
日光下雨雪洗刷过的灰白岩石
深谷之中，溪水长流

噢，我曾四处寻找我的故乡
现在我亲手指给你看——
这里，就是我的出生地
我喧哗中所有宁静的源头

——二〇〇九

你

1

在一条大路的右侧
海水闪着白光

那正是我曾梦到的
你我的会合之处

2

你是我
亲爱的小狗
绿草地里的
白蘑菇
麦垛之间
永不厌烦的游戏
傍晚第一只起飞的
萤火虫

...

第一辑　因思念而沉着

你曾出现

在我的童年，以千万种

变化的形式

在我的每一次

忘我之中

—— 二〇〇九

秋风过耳

忽然来到秋天的早晨
一切如故
只有风吹在身上
略有不同，凉凉的
如一种慈悲

抬头看天，无云也无霾
蓝到宇宙深处
多像舞台的后方
一年一度，我们目睹
日光下的世界，闪耀、绵延
存在不为了任何人

人们却常常从今天起
为过往的日子感到后悔

——————— 二〇一五

今天的诗

早晨，我在阳台上
读一首诗
因为我的母亲来了

我的母亲来了
我可以坐着，等着
直到早餐在桌上摆好

下雨了，我听到雨点
四处敲敲打打
薄的水雾在树间弥散

这么多年
只要我拿起书
母亲都会以为我
在做一件不容打扰的
正经事

虽然此时
我只是在读一首诗

———————— 二〇一五

我的心太小了 *

我的心太小了
小得就像
一粒褐色的芝麻
落在我走过的
路的缝隙里

即使它叫我
我也不会听见
一个没有心的人
耳朵有什么用呢

它也可能睡着
漂流在它的梦里
途经一座座白色灯塔

"我的心太小了"是谷川俊太郎的诗句，
出自《我的心太小》。—— 注

第一辑　因思念而沉着

也许有一天

它忽然醒了

在一片芒草丛里开着花

一个路过的人说：

看，这是谁的心，这么孤单

生日

——给女儿

我把蛋糕送到幼儿园时
你们正在教室里跳舞
你和小朋友都停下来
转身向窗口张望

但老师只叫了
你的名字
今天是你的生日
对的，今天是你的生日

纪念你乘着一朵金色小云
降临的那个夜晚
纪念你从星星的梯子爬下来
跳上我的屋顶的那一刻

—— 二〇一五

一小段美妙的旅程

始于一节

几乎为空的地铁车厢

冷气开放

整排的蓝座椅

虚位以待

我向一小时后

不得不挤在车门上的人

略致歉意

而此时

如平生第一次

我听见车轮与铁轨

以异族的语言絮絮低语

转弯处车身轻摆

微妙如恋人

...

难道这就是启示？

车窗玻璃日复一日

被灰尘蒙住

夏日的绿树

向后飞驰而去

婚礼的记忆

我任由他们打扮我
把粉抹在我脸上，给我画眉
好让我看起来出众
像一个崭新的人儿

我任由他们如此
难道仅仅是因为觉得好玩
还是准备好彻底接受
从此处开始的
生活？我难以定夺

按照母亲的嘱托
从路边的果园我折下
一小截桃树的枝条
装进贴身的衣袋
在我的故乡，桃树被认为能
驱除邪恶

...

汽车在黑沉沉的乡间公路上

飞驰。还不到天亮的时候

秋后的田野寂静无声，一片片

向后方退却

这是在远离我的故土

一千多公里的地方

我把手伸进了口袋

正是此刻了。我知道

从现在起，我的母亲将不再能

庇护我，因此她把我

交给了她

信奉的神明

婚礼的记忆之二

大海有一些倾斜
比我独自看过的每一片海
都要迷人

因为我的父亲
正挽着裤管，站在水里
向我挥动着胳膊，像一个
少年郎，这是他第一次
来到海边，今年
他五十四岁

我的母亲和姑姑在海滩上
走走停停，不时俯下身捡起
当地人都不稀罕的贝壳
装进一个塑料袋，准备
带回河南

...

我的妹妹和好友也在海滩上
她们来回地飞奔，撒野，频频
按动相机的快门

卷起的海浪打湿了我外甥女
的小花裙，她今年六岁
在这个年纪我还没有出过远门
而她，已坐过了火车
看过了大海

难道就是因为这些
我甘愿扮演成一个新娘，而顾不上
难为情或别的什么？

当我回头再次看那天
我们在海滩上留下的相片
我几乎认为
正是这样

写给狄安娜

狄安娜

你离开你的树林太久了

草地呼吸，露珠凝结

月亮还在山野间

游荡

你呀为什么不回来

飞鸟越过溪流

你明白万物本性易逝

石头沉默无语

你了解远古之火尚未熄灭

而言辞

虚妄若林中暗影

何必试图学习人的语言

...

起初你的爱并无区别

只是太晚了

弓箭已被你遗忘

乔装打扮，你混迹于人群

痴迷于演好某一个角色

狄安娜，狄安娜

听我叫你的名字

放下自己，你就自由了

秋日在钟山

几棵美国山核桃树下
三个人用长长的竹竿
耐心地够着树梢的小果实

叶子从树梢飘落下来
我们正谈论着短暂的事物
忽然一阵安静

但我不会告诉你旅行的全部

白云很白，海水很蓝
花的颜色很多
阳光像从天堂倾泻下来
绿树有我不知道的名字

但我不会
告诉你旅行的全部
在夜晚降临的海面上
我如孤岛悬浮
已远远离开
你所在的地方

二〇一七·六月

急需和你交谈

空气沙沙嘶鸣
喷气飞机在高处
正去往某地
在夜空划下长长的云痕

星星亮着
在屋顶，在树梢
在一万盏灯的城市上方
寂静冰冷的矿石之光
密箭一样涌来

快呀，我已不能
独自承受
这座星空的重量
而急需和你交谈

二〇一八·一月

在天空这座房子里

我愿下雨时
正好有树叶为你挡住
如果没有我愿雨不要太大
如果雨太大了我希望

你不要被吓到
雨里不要有冰雹
如果有冰雹我希望你
没有被打得太疼

如果太疼了我愿你能
流下眼泪而不必觉得羞耻
我愿你能一直等到雨停
阳光晒干了你的衣裳你又能笑

我愿你住在天空这座房子里
不寂寞

请收下这枚孤单的月亮

哎，我说
秋风吹渭水
落叶满长安

长安只能在诗里见了
月光还照在
晚班的轻轨列车上

辑贰·请独自享用你的冰雪

变形记：风信子

——致 L

那个时刻就要降临
而她全不知晓

路过一片四月的绿草地
她听到那个奇异的召唤：
来吧，到这里来
犹疑着，她走到草地中央
躺下，阳光洒在她的脸
和伸展的四肢上

十分钟内，过往的人会看到
那儿，草地正中
一位疲倦的姑娘在休息
她的脸被绿草掩映
十分钟后，草地空空
好像她已起身去了别处

...

曾经她在辽阔的天地中
寻找自由，充满渴念
如今这里只有
一株白色的风信子
放弃了人的言语

盲人歌手

此前他拨动琴弦，寻找他的音
一只羔羊从黑暗中闪现
上前，舔他的手指

第二个音符跃出，金属的战栗
他的眼神，随琴声忽然而至

之后他一人吟唱
而众人聆听——
明月出天山
苍茫云海间

罗马竞技场

拱门会坍塌

而石头不会死去

建造它的每一双手都化为尘土

而石头不会死去

暴君的命令

像一级级下降的旋梯

还在黑暗的空间传递

而他已先行死去

全体石头要求回到采石场

而运送它们的牛车，已死去

果实

第
二
辑

请
独
自
享
用
你
的
冰
雪

水　树叶　风
从前使我喜悦的
现在依旧如此
甚至更接近
我　我的核心

我不过是
自然手中的
一枚果实

历经一朵花
带来的迷思
一座星空
带来的信仰

—— 二〇〇八

玻璃球游戏

上午十点
在办公室窗前
他思考着
对面的高楼

多么冷酷的
绿玻璃的西服
多么挺拔的
混凝土的身姿
一重摞着一重
又摞着一重
又摞着
一重

啊，它何时崩塌
难道就这样
一秒一秒数到
世界末日？

———————— 二〇〇八

寻找比喻

当我们开始生活
就是开始在一场大雾中摸索——

小狗一样匍匐在地上
用鼻子寻找食物　水源
和一个安全温暖的所在

即使双手携握的人
也渐渐忘记了彼此的面貌

但这一场迷雾不正由
我们自己所造？

当我们开始生活
就是开始患上了眼疾

—————— 二〇〇九

相约去喜马拉雅

在每一个睡意沉沉的早上

或百无聊赖的下午

我们相约去喜马拉雅

去，一定要去，我们打赌

一想到那遥远的路程

我们就精神抖擞，从床上一跃而起

但今天，还是要先去上班

每当心灰意冷

感到生活的眉目越来越模糊

我们就相约去喜马拉雅

去，一定要去，我们齐声说

但也要先去买菜

准备好今天的晚饭

晚饭之后，另当别论

...

想离开一个人

就与他相约去喜马拉雅

在迷宫一样耸立的狭隘山口

天风浩荡，好与他分道扬镳

这样才算是大路朝天，各走一边

想定下心来，与某个人一条道走到黑

那就更要去喜马拉雅了

还有比这更长更难更适合你们决心的路吗

走到那里，人生也就差不多了

也许时间还不够用呢

请独自享用你的冰雪

笑冷却了
话说完了

树收回绿荫
玫瑰收回时间

雾霾弥漫
你必须呼吸

人心惶惶
执于一念

你开始嘲笑一些东西
却不能放声大笑

此时，请坐到桌前
独自享用你的冰雪

逆光之旅

穿上所有的鞋
你将依旧赤脚
索性就赤脚行路

黄昏前到达那座山
如果有风吹你
就让它吹

你蹚过的那条河
河面上会留下你的影子
那么也由它

你要去到山顶
在那里升起一堆火
直到火光熄灭

你将再次回到
缀满星星的神殿

夏之将逝

现在，树绿透了
不可以更绿了

可是，真让人担心
它们突然烟灭
因承受不住这样的重量

连风也在看
究竟有没有什么
能在季节的最高处停留

蝉在绿荫深处疾声呼救
喧噪的声音听久了
比寂静更寂静

———— 二〇一五

凌晨四时

遥远星辰的火
在燃烧也在熄灭

风从山谷间走过
树在生长也在死亡

窗台上的花睡了
窗台上的花也醒着

猫在黑暗中观察
活在它的白昼里

你在梦里
你突然清醒
或者你以为
你醒了

此时你的灵魂正在换岗
你的存在
接近半透明的月亮

二〇一五

午后的算术

粗略估计:

世上爱温暖的人
多于爱清寒的人
爱鲜花的人
多于爱早霜的人

但爱星星的人
不会多于星星的个数
爱同一颗星星的人
多于看不见星星的人

一场雨,大于
一次国王的加冕
一次日出,绝对大于
所有的荣誉

...

所有的城市相加

不能抵消一个村庄的存在

一切复杂的语言

皆远远小于沙漠的寂静

和大海的低吟

在所有事物中

没有痛苦可以小到忽略不计

少于整颗心分量的

不足以称之为爱

我负责制造沉默

我负责制造沉默
如果已有太多声音

我负责制造虚空
如果世界已被物质充满

我负责制造静止
如果人们都在跑来跑去

如果人们纷纷相爱
那么，我也负责制造
一些自由

...

这么说我好像在夸口

实际上有时

我也放弃自己

有人把名字描成金色

我把它丢在草丛

我住在月亮的背面

荣耀

在四季常绿的针叶间
完美的形式指引着你

水　风　日光　尘土
还有一两只蜜蜂
汇聚于偶然的坐标

这座九重玲珑塔
从时间里诞生
又从时间上剥落

万物走向自身的秘密
藏于何处
我们并不知晓

但如果能
为一颗松塔工作到老
我也视为荣耀

—— 二〇一五

三重奏

理智说"可以"
心说"不"

心说"可以"
身体说"不"

身体说"可以"
理智说"不"

理智说"不"的时候
心捂上了耳朵

心说"不"的时候
身体现出原形

身体说"不"的时候
心和理智只有服从

—— 二〇一六

告白

我是

可耻的现实主义者

精于计算日常

热衷学习各项生活技能

认为阳台的花需定期浇水

厨房和马桶应保持洁净

我要求秩序

但不要求服从

偏爱会生长的事物

包括小孩和所有树木

我认为沟通是必要的

但过于艰难时放弃并不可耻

我做过的最无用的事是写诗

既深信又怀疑的

是爱情的传言

在一座不存在的城市

不存在的蔷薇

盛开在不存在的五月

不存在的日光

照耀不存在的人群

不存在的蝉

在不存在的黑暗里等待

不存在的鸟

在不存在的天空飞翔

不存在的爱情如柳絮漂泊

寻找不存在的寄主

不存在的男人女人

挽起不存在的手

一阵熏风吹过

一只不存在的猫

愣在不存在的世界入口

活着

一阵风无法活着
除非送来半公里外
布谷鸟的叫声

一间浴室无法活着
除非一只小蜘蛛
在湿滑的墙壁上攀行

一片岩石无法活着
除非苔类植物用它们
柔软的嘴亲吻它

一杯水无法活着
除非你的猫从杯子里喝水
或者插满口渴的玫瑰

一颗星星无法活着
除非它呼吸，波涛滚来滚去
有人听到它的心跳

—— 二〇一七

诗人

怎么说呢

只有在切分

这些句子的时候

我感到一种

沉醉的自由

忘了还有那么多

重要的事需要完成

我迷恋于此

但也知道

不能赋予它

过多的意义

虽然它部分地

挽救了我的心

—— 二〇一七

一颗桃子的观察

早餐后一枚桃子
静止于白瓷盘中
还能存在多久
取决于人类的胃口
于是我向它投以
命运之神凛然的一瞥
但它稳坐如常
脸色并未变绿

好大胆的桃子
但它并没有胆
表皮覆裹着果肉
果肉覆裹着果核
严密的结构中难以发现
生成恐惧的因子

...

它的变化只取决于

与宇宙能量的秘密交谈

如果它能鄙视

会先鄙视人类标注的价格

如果内部有座星星和月亮嬉戏的泳池

它不会邀请任何人进入

可以被吃掉　　但不会交出

关于自身存在的奥秘

一颗无法到达的桃子星球

一个以桃子为中心的

平行宇宙

在一米外的餐桌上

白瓷盘中

一个人

一个人去君士坦丁堡

一个人打开窗户吃月亮

一个人笑因为另一个人哭

一个人去春天

春天带走了那个人

一个人劳动

一个人在一颗星球上活一百年

一个人发疯　停不下来

一个人醒了

还在很深的梦里

一个人喝酒

一个人听见鸟叫落泪

一个人是另一个人的影子

一个人度过一生

一个人度过乏善可陈的一生

一个人是自己的障碍

一个人在成为人之前的所有轮回里

一个人杀死另一个人

一个人死了

命令自己活下去

我刚刚听说罗马陷落的消息

那是 1527 年

一群入侵者要占领这座城

或许是罗马人办法不够好

或许是他们太懦弱

最终他们失败了

如今这两个字

写在我摊开的书页上

夏

月亮很亮
蝉还在鸣

我要睡了
我睡不着

我知道
不是所有的蝉
都在叫

有的蝉
必须接受
沉默的命运

...

即使它们

对生命

有同样的

狂喜

却必须

沉默着

直到秋天来临

允许

允许乱
允许幸运发生的同时
一些意外光临

允许早晨醒来
天气阴沉　心情不佳
允许错误
不仅仅是小的
（但不允许否认）

允许列车晚点　斜阳挂树
允许花落
允许爱情迟来或不来
（背叛另当别论）

允许一事无成
允许无缘无故的哀伤
允许一个人
只是一个普通人
而不是别的什么

词的练习

1

雨落在屋檐的水花
树和天空的距离

什么使你微笑
一个与另一个在交谈

2

它需要慢慢了解
自己的秘密

比如，在万物中
恰好是一朵花或一只鸟

3

从另一个房间飘来琴声
琴声　房间　另一个

小女孩在反复弹奏着
现在、现在、现在

...

4

在雨水的亮光里
那些字寻找着读它的人

你想起来你忘了
你忘了你忘了

5

我不想再听人说什么了
我想听听松树和风说了什么

6

"在阴云密布的日子里
蝴蝶同样能找到回家的路
借助风力而行"

地铁上的自然节目
让她觉得自己离家太远了

观

猫在阳台
观雨。一只猫

我在阳台
观猫。一个人

皮毛下，它的心急跳
绿眼睛，值得赞美

雨水送来清凉
我深呼吸，与世界交换

猜测，此时我们的所见
必有大不同

然也有大同
一只猫，一个人

...

在　此时　此地
的琥珀中

并非受困于此
却不自由

也许另有一双眼
在别处，观我

在

自观　观自

观自在

自在　不自在

不不自在

无我　无你　无他

无人在无处

无处不在

处处在

...

在沙　在尘

在雷　在风

在雨　在花

在石　在树

在上　在下

在左　在右

在后　在前

在途　在家

在闹市　在空山

在昨日　在明朝

在月圆之夜　在日暮途穷

在有生之年　在百年之后

在你在时

在你不在时

...

愿夏在　树在

蝉在　蝴蝶在

泉在　山在

海在　微风在

露水在　新月在

节日在　父母在

野生浆果在

童年小路在

愿你在

练习

果实告诉花朵
春天并非一梦
自由是心奇特的发明

在蝉鸣如急雨的夏夜
凤仙花在黑暗中轻摇

在星辰亿万年前的光幕里
槐树叶落下第一片叶子

谜

一切事物的内部
都有一座迷宫

我微笑
因为我从未
吐露我的秘密

在万物中
偏偏是一朵花

在夏夜

白天　黑夜
小虫的叫声
骤急如雨

草丛　石畔　树根
墙角的阴影
都在发出声响

唧唧唧
嚯嚯嚯

真想知道
它们在说什么
所幸的是并不会
知道

街角的一种观察

一个女人

慢慢走着

在急剧的人流中

好像蝴蝶一样

没有来处

也没有去处

这是寻常夏日的傍晚

过于明亮的太阳悬挂在

挤满灰色楼群的天幕上

如一盏巨型电灯

阳光之下是树木

街道　燃烧的空气

手腕上跳动的秒针

消失的四点五十一分

...

她走得很慢很慢

似乎正察觉到

一种不可思议

一种接近透明的奥秘

从梦国回来的人

——致树老师

夜潮退去时
从梦国回来的人
空着两只手
走在清晨的堤岸上

在梦里奋力握紧的
轻轻地　都丢下了

你赶了回来
你今晚还要再回去
继续在那座大海边
打捞

你如此奔忙
已分不清哪是来
哪是去

———————— 二〇一九

存在

无论多少诗句

都无法说完

一颗露珠

在太阳底下遇到的事

心怦怦跳着

一旦停下或者不爱了

谁也没办法

让它重新跳起来

一棵树告诉

一个人一个秘密

告诉另一个人另一个

他们都听到了同一棵树

...

星星是没有声音的

即使它们有耀眼的光

想想那样的毁灭或重生

也只是寂静一片

连茶壶的响声

也是可爱的

辑叁·一切令人心醉的事物

逃跑的西红柿

我睡着的时候
西红柿跳下案板
顾不上擦破的皮肉
在厨房里躲躲藏藏

最后不顾抗议
钻进一堆土豆里
屏住了呼吸

我笑醒了
你当真以为我闭着眼
就看不见你跑掉了吗
西红柿？

我睁着眼的时候
才什么也看不见

出生地

如神赐予你独一无二的时辰
也赐予这完全属于你的地方

即使你并不爱，也请记住它的名字
因为灵魂在做的事，有时我们难以察觉

这个词，这个地名
海水一般坚实可依
永不会失去它的所指

玫瑰在杯子里喝水

玫瑰在杯子里喝水
用她椭圆的伤口

她不是小口啜饮
如品佳酿
亦非大口吞咽
如遇甘泉

她静静地站着
在杯子里
让水以分子的形式
一个、一个

进入她的细胞
化为她的生命——
颜色，姿态
芬芳的气息

...

直到她

低下头，说：

够了

然后死去

玫瑰在杯子里喝水

想起这件事

仿佛自己正是那根枝条

刚从春天的树上折下

玫瑰，玫瑰

我爱你

将疼痛与优雅

平衡的天赋

一切令人心醉的事物

秋天就是这样
你隐约听见风　在琴弦上吹
那琴弦是湖水的柔蓝

可如果认真去听
必然又什么也听不到

是的它过去了
当你听到它的时候

一切令人心醉的事物
莫不如此

虫（之一）

一粒小虫的鸣叫
将我托举在秋夜的草尖

嘘——
且过了今晚

虫（之二）

一只小虫在叫
在夏日的末梢

这是最后的夏夜
几乎可以说是
秋天了

我想它是知道的
它那样叫着
不停下来
不能死去
就是因为它还没有
得到爱情

但是爱情
谁知道呢
也许并不会来
但秋天
却不会迟到

二〇一六

以春天命名的时刻

只这一次
我半蹲在小公园
早开的花丛前
等镜头把我的影子摄入
你突然闯进来
向我的手心寻找
好像我们早已熟识

未及思索，我的手掌
已为你摊开
湿漉漉的小舌头
刷子般扫过后
失望而去

是真的失望吗？
还是会有点庆幸呢
今天这个人
竟然摊开了她的手
虽然没有食物
但是也没有石头

...

而我则一直疑惑

这样的慷慨从哪里来？

它似乎突然进入心里

不，甚至来不及进入

就决定了我的动作

如此奥妙的力！

手心的潮湿很快风干

你也转眼消失不见

留下镜头里的背影

一身皮毛邋遢

像一面浪游者的旗帜

春天，致一位女孩

只这一次
我看见你，偶尔抬起的眼
正好瞥见我匆匆走过
风信子举着初放的花冠
在你面前简陋的塑料盆里
站成小小一排

为什么我忍不住猜测
你，蹲在天桥上的女孩
有怎样的来处和去处？
因为黄昏这个特别的时辰
还是风信子的紫色？

你和我
是否有一种隐秘的关联
高于此时平行的河岸？
一个眼神的交汇
能否在初春的清寒里
为我带来更多的领悟？

...

至少我会为你绘制

一幅新的地图——

风信子、星空的涟漪

春天一秒一秒地过去

而你，带来的是

最重要的消息……

孩子们的海

豆豆的海两岁

乐乐的海四岁

小树的海五岁

佳音的海八岁

海送豆豆一个大大的惊叹词"哇噢"

海送乐乐碧绿的裙带菜

海送小树圆圆的小石头

海送佳音小人鱼的传说

我们的海呢?

抱歉,你们大人没有海

或许你们曾经有过

现在你们只能

和豆豆的海一起玩

和乐乐的海一起玩

和小树的海一起玩

和佳音的海一起玩

...

第三辑　一切令人心醉的事物

如果他们不带你们

即使去到海边

海也不会理你们

只能无聊地坐着，听海

呼唤着孩子们的名字

它们在一起的样子

我喜欢它们
在一起的样子

几片绿叶子
小小红果实
依偎在一根树枝上
像是谁有意的安排

究竟是谁呢
心意这么美

梦

春天

在巴黎街上走

小心翼翼

如履梦之薄壳

担心它

突然碎裂

虽然这座城

我从未

在梦里来过

我喜欢尚未到来的春天

我喜欢尚未到来的春天
去年的种子落在地上
今年的花还没有开

在这一段空白里
有许多风吹拂着
把天和地
扫得干干净净

好像每一秒
都能成为一生的起点
每粒微尘
都闪着永世的光

花事

1

紫鸢尾的火焰正在熄灭

熄灭就熄灭
也并不等待什么

2

紫藤萝在枝上时多么明艳
现在　花的干屑
铺了一地

路过的人踩着
走来走去　失忆了一样

3

忽然闻到一种香
从某个高处落下来
——时间回来了

黄昏的槐花饭　小时候

...

4

没有来得及种牵牛

阳台的花盆空着

若有所失

5

你托我

夹一束异乡的小花在书里

带回来给你

一定照办

6

一种红色的花

开在绿草地

开在铁轨旁

开在罗马大广场的残垣间

像是谁的心遗落于此

与你相熟

却不知你的名字

...

7

也见到了郁金香
一种彻底被驯化的花朵
因过于华丽而失真
我知道这么说不公平
但……

8

穿着灯笼似的小黄裙
华兹华斯的黄水仙
在街旁苗圃里
歪着头打量行人——
有没有人想听我
读一首诗？

咔嚓——
相机的声音响起

…

9

在异国见到蒲公英

如见亲人

蒲公英是世界公民

10

没有去看海棠

海棠也开过了

所有的花

都是如此

一个比喻

夜深了

重重的宇宙

包裹着你我

一粒尘埃

悬浮于亿万光年

的中心或边际

这世上的许多人

都睡了

呼吸着　做着梦

像是同一个人

云杉驿

先看到那些树

修直　耸入夜空

你暗自惊讶

原来是真的

这里果然是有水杉的

几乎没有风

一重重羽状的枝叶

静浮于头顶

真高呀

夜色　如清露

滑落下来

...

十二点已过

秒针向更深的夜

匆匆赶路

而你在此停下

前台的灯亮着

人不知去向

不要寻找他

也不要叫醒他

如果能这样入住

在守夜人的梦里

清晨在海边

风从海上来
你看见闪着水光
的白贝壳
破碎，散落在细沙上
它们的样子多可爱
而被毁坏的方式
又是多么漫不经心

也许这是你需要
学习的第一堂自然课
一切皆出于偶然
也许要用很长时间
你才能相信

梦

早晨，金黄的落叶
铺满了整条街

一阵风，从
上个秋天吹来

更多的叶子
雨点般纷纷飘落

这脚底轻轻破碎的声音
这时间里最后甜润的气息

如此真实
如此像一个梦

雨·华严寺

时断时续
从辽代下到清代
下到今日午后
偶然相会的人身上

山楂树在深秋的雨水里燃烧
穿红衣的小孩打树下跑过

你回头看——
佛住的房子又大又空
面容从黑暗中浮现
一千年了吧
灰尘落满膝头

微笑的还在微笑
低眉的始终低眉

又

又来了
秋天
恍然如昨
如上一个秋天
如所有秋天
投下的重影

又想起一座山
树叶正在变黄
飞满山谷

又想起一个夜晚
月亮照着小径
小径在深山中

想一个人走着
走到
另一座山里

蝉时雨

那朵花喜欢雨吗
雨点打在它身上
一下，两下
花瓣落在了泥水里

但它是否喜欢雨
依然是
你不知道的事

此刻的雨下着
停下来　就成了
过去的雨

回乡

在城市的地铁里
老家总被想象成
青山起伏的田园
火车进站
哐当，停下来
梦立刻醒了
依旧是荒山野岭呀
甚至更荒了
而我也不再是少年
老迈的父母
还俯身在荒蛮中
那艰难迟缓的身姿
使我不敢轻易说
我已领略过生活

圆月

圆到无法再圆

今天晚上的月亮

从房顶一跃

跳上了树梢

昏黄而沉重

如浮在一个梦里

落下来吧　　落下来吧

不用怕　　不用怕

我的孩子

会用她的小手

稳稳地　　接住你

珍贵

大地的灯熄灭了
大地的灯亮起来
一天里能做的事
实在有限

摊谷子　收谷子
第二天再摊　再收
重复就是意义

让风来吹
让太阳来晒
让鸟雀发现短暂的
黄金之国

让时间在每一粒谷子上
形成小小的涡流
让城里回来的人看看
粮食是什么意思

—— 二〇一八

荒地牵牛

见到荒地牵牛前
你无法想象它们的存在

如一个家族
在大地上旅行
四处是它们
熙攘的身影

这些杯形的花冠
盛着破晓的光
新鲜露水、花蜜
以及种子的胚胎

谁见证这样的卑贱
与荣华呢
如果你没有到来
没有看见

母亲

忙了一天的母亲
终于在隔壁躺下了
但是夜半
忽然又听见她
含混不清的梦话
睡眠锁住了嘴唇
语言却试图破梦而出
她此刻正遭遇着
何等的艰难呢
我听见的却只是一阵
情绪激动的呜咽
我把手搭到她额上
叫醒了她，对她说
睡吧，睡吧

—— 二〇一八

在雨声中醒来

身体平躺着　漂浮在
雨声潺潺的清晨
仿佛航行了一夜

那些无意识的岛屿
过去与未来交织的暗礁
被击碎、沉没
又被海浪卷起的
记忆碎屑
渐渐远去了

你踏上今天这片新大陆
这里此时下着雨
湿润的气息从窗口飘来
如一朵一朵透明的云

你看见那些树站着
披着雨水的光泽
对它们一见钟情

———————— 二〇一八

早晨真是太好了

早晨真是太好了
从梦的长蛹里钻出来
站在摇摇晃晃的树梢

夜里下过小雨真是太好了
像有人细心照顾着
这一世界的大大小小

梨树的小绿果真是太好了
让人觉得花落了
原是一件应该的事

想起一个人真是太好了
很多年我都在想
他为什么能做出那样的决定

活着真是太好了
那些好的部分很好
那些不好的部分
也总有变好的可能

二〇一八

陌生人

看见你在远处笑
并不是因为我

有什么关系
那笑美得很

夏日走过山间

是最后的夏日
山谷敞开　白云起于西岭

好像这些山在震动
急促的虫鸣也催促着我
一个路人

何不就地生根
何不开花结果
何不打破天地的囚牢

只在此时　只在此时呀

不知道名字

不知道名字的花
白色、黄色，缀满绿叶的枝头
细碎的花瓣每一朵上
有齿形的边缘

是谁在此勾勒并裁出
如此精美的形状？
他一定有非凡的审美与技艺

落下来了，几日之后
一些花还在枝上，另一些
洒满了绿草地，闪烁着
像星星正在消失

不知道名字的花
白色、黄色，将光芒投入初夏的早晨
我微微的歉意
对它并不重要

———————— 二〇一八

传说

古诗里说

有一座山

山中岁月迟

寺里桃花你若不去

便不开

落也要落很久

想想世上

有这样的美事

便觉可以

安心度日

独自

猫独自　在睡

花独自　在开

树独自立在路边　野地

铃铛独自　在风中

叮当　叮当响

小孩独自　想着

长大后的事

不懂

吃香椿

女儿说难闻

我笑了

五岁时

我也不懂外婆

为什么会爱

这种怪树叶

追

云追着风
月追着云

我追着妈妈
女儿追着我

一转眼
都过去了

我父亲

像牛寻觅青草
他这辈子总在寻
有什么活可干
好让他的一把力气
能换成人民币

我父亲教我具体的事物
他对我们说的话
就像麦子一样
一颗就是一颗

辛波斯卡舞曲

清晨，谢谢窗前的鸟

在所有声音中

最先听见的，总是你们

独自歌唱或热烈交谈

无关上涨、协议、无端消失

用户，以及坚定不移

谢谢，雨滴

你们在黎明的光线中写诗

在云和地面之间写诗

现在　你们停下笔

诗句在绿叶上闪光

然后，消失

...

同样，谢谢你，猫咪

我知道你整夜无眠

再小的动静，也要察看一番

谢谢你警觉、机敏

全神贯注于自己的世界

增加了时间流逝的阻力

谢谢你们让这些

成为我的一部分

时刻提醒

在一部加速器之外

还有其他种种可能

我想念那个清晨

醒来

在　此起彼伏的鸟鸣中

其中一只

歌喉与众不同

披衣出门

夜色正在退潮

草地湿润

星辰般的小花　尚在梦中

一棵黝黑的松树塔尖上

它站着　全心全意

把震颤的声波

推入黎明

它是否只在这

明暗交织的时分

才一展歌喉?

...

多么不可思议

我听到并醒了过来

尽管我无法领会

它全部的含义

很快　箭一样

它飞离树梢

把我的心片刻留在了

异乡的春天

紫

在所有事物中
暂时我是紫色的
是芬芳的
属于夏日的
是天空俯下身垂怜的
是柔弱
而被收割的
是有时限
而沉默的
是被爱慕
与丢弃的
是速朽的
与难以超越的

在所有事物中
我的名字是暂时的
我的紫色是暂时的

雏菊

这些风与色彩

的采集者

星球风华正茂的居民

水　阳光和泥土的变形

雏菊　这个名字里

有古老的慰藉

选择为它们

付一笔不多的钱

与它们

共度几个盛开的时辰

摆在案头

嗅那又绿又苦的气息

如同得到祝福

把它们写在纸上

让它们在那里

继续生长　穿过夏日

—— 二〇一九

龙胆

如果某天
你遇见一朵玫瑰
却并没有长刺
不要惊讶——

因为它靠勇气
解除了自己的武装
因此有了
另一个名字——
龙胆

六月的诗

1

父亲用一张大网
罩住了
一整棵樱桃树

他照顾它
花费太多心思
现在他需要收获
全部的果实
（或者尽可能多）

这是一个笨办法
却很管用
小鸟们不敢再
随便登门了

我同情我的老父亲
也同情那些花雀
他们都等候了
一个春天

...

2

不要把樱桃

摘得一颗不剩呀

高处的就留下吧

路过的花雀

也会口渴

也想知道

那些红红的果实

是不是

像看上去

一样好吃

...

3

我猜想这只小鸟

飞来时是黎明

那时光线摇晃

叶子上沾满露水

满树红红的果实

产生不可思议的磁力

它年纪还小　不懂

其中的危险

现在　它

被一只手握住

小小的白腹上

黑珍珠在微微颤抖

好像在生自己的气

...

4

樱桃树下的

不规则岩石上

一把吃得干干净净

的樱桃核　摆在上边

这是谁　先偷吃了

成熟的果实

还如此懂礼貌？

樱桃园的门锁着

没有人来过

想到可能是一只松鼠

我笑了

在月亮地里的樱桃树下

它一定度过了

心满意足的一晚

虚无

我们必须学习一些新词
从猫头鹰眼睛的深处
远古的星辰
还在那里燃烧

我们需要观察
并重新了解
时间的诞生
每当它凝视
光矢就穿过黑暗的空间
朝你和我飞来

我们是被时间捕获的
我们是被光捕获的
粒子

—— 二〇一九·六月

十二月某日

树上面　星星亮了

树下面　街灯亮了

举着稠密干枯的种子

白蜡树的枝条

在风里　金属般飒飒响着

星星的上面呢

我不敢想

低头走过了地上

交错的影子

临时

月亮这盏灯
在树杈间挂着

就这样呀
秋天过去了

它并不为谁而亮
但有什么关系呢

看见的人
已经看见了

—— 二〇一九·十二月

雪后

有的雪化了
有的被堆起来
围在白蜡树褐色的根部

像一条暖和的白围巾
每棵树都有一条
带着雪粒儿的潮气

穿过空树枝的风
吹拂在脸上

凉凉的
被雪洗过的风
想让人一饮而尽

如果我是个孩子
我该多爱这样的时刻呀
而我恰好就是

—— 二〇二〇·一月

绿

它的眼是绿色的
如春天的树叶、湖水
使人温柔，值得赞美
但它毫不在意

只看自己想看的
麻雀、云、天花板上的苍蝇
偶尔，也从人类脸上
一掠而过

正午，它凝视窗外
目光悬停在空气中
好像那里会出现某种奇迹
世界的电子在嗡嗡运行
它等待，屏住呼吸
让自己深陷于寂静的漩涡

阳光下缩小的瞳孔
如一根绷紧的黑线
如时间即将消失的门

—— 二〇二〇·四月

辑肆 · 日常风景

幼鲸之死

在早晨的新闻图片里
我看见了它
深灰油亮的身躯
压在一台起重机上

尽管死已是终点
它却不得不再等片刻——
被侏儒般的人群
围观、议论、猜测
再运往某处

那么，谁曾怀疑海水的力量
就来看看这庞大的肉身
想想它，带着深灰的影子
在海里云一样漫游

...

现在，它是死的
彻头彻尾
从那长廊般黑暗幽深的腹腔
仿佛传来一声低沉的叹息
诉说这死亡
多么巨大和沉重

那台红色起重机
就像又小又脆弱的儿童玩具
驾驶员紧绷着脸
一顶蓝帽子遮住了他的眼

所见

在一条哭泣的河边
有人弯着腰在种树

风吹动新生的树叶
为这条痛不欲生的河
演奏小步舞曲

它哭得太久，失去了声音
它的眼泪是黑色的毒汁
还在流啊流

这大概就是
即使很多人在说谎
也不能使我放弃的缘由——

有人在河岸上弯着腰
一棵一棵地种树

—— 二〇一三

九月

我所需甚少又所需极多

譬如：
在漫游的云下
静立片刻

—— 二〇一五

如果你要去收谷子

如果你要去收谷子

最好带上一把好用的剪刀

和足够多盛谷穗的口袋

最好在世界的某处

有一块谷地恰好属于你

如果你要去收谷子

最好你父母仍然健康

不早不晚　在春天的雨水前播下了种子

最好天公作美　谷子长得不错

躲过了麻雀松鼠的糟害

如果你要去收谷子

最好秋天按时来了而你并没有忘

还有收谷子这回事

最好你不觉得农活与你无关

坐火车去收谷子也没什么不妥

...

如果你要去收谷子

最好带上你的双手

换下你在城里穿的衣服

郊区地铁

多数人在埋头刷屏

有人看书也总是教你

发财或晋升

尽力去理解

这个空间里的一切

理解与你贴身而立的人

面无表情或彼此厌憎

即使是铁轨

每天也在消磨，有拆毁的一天

大楼会崩塌

在一节临时的车厢里

昏睡和清醒哪个更好

...

车窗外的风景

徒然加深内心的剧痛

好像出生以来

就一直在这节列车上

和同一群陌生人

时间与空间的囚徒

坐在我旁边的黑人先生

坐在我旁边的黑人先生
戴着一顶棕色线帽
盯着手里的 Samsung
和车厢里每个人都陌生

坐在黑人先生旁边的我
偷偷瞥了一眼他垂着的睫毛
走了这么远的路
为什么不来打一声招呼

日常风景·蝴蝶

若非来得太晚
就是来得太早
一只蝴蝶落在
十二月的枯草地上

金色的双翼
写着命运的迷思
我们谁也无法选择
时间的出口

它好像倦极了
翅膀一翕一张，慢慢地
平复自己的呼吸
如同一个人，赶了太远的路程

也许，它刚刚翻越了
一座喜马拉雅山

此刻，这座冬日的城市
停在它的双翅上

———————— 二〇一六

需要

第四辑

日常风景

微风鼓动我的蓝裙子
午后的阳光
照耀着大楼和树木

我匆匆去幼儿园
接我的小孩
并一心只想着这件事

天哪，什么时候
我开始与世界镶嵌得
如此天衣无缝

一个孩子需要我
一缕风需要我

—— 二〇一六

如果一个深夜，你走进一座房子

如果一个深夜
你走进一座房子
没有人醒着
只有一盏小灯在亮

水杯留在桌上
等着人再来啜饮
玩具散落
还是被丢下时的姿势

你换上鞋架旁的拖鞋
恰好正合你的脚
走进卫生间
洗漱台上摆着你的牙杯

你推门走进卧室
那正是你的卧室
躺到床上
正是你的床

...

床上有一个妻子或丈夫

恰好就是你的妻子或丈夫

有一个孩子

恰好就是你的孩子

一切都是恰好

并且总来不及

对这样的巧合发生疑问

睡眠便已将你击倒

一个隐喻，或许可以称之为婚姻

一道银色的门
在你的无名指上
欢迎　欢迎进入
原子的宫殿

没有时间
没有光
声音无法通行
完美无瑕

你在黑暗中运行
另一枚电子
在另一处

如果你畅饮孤独
就是空间的主人
如果试图跨越
便被审判为无期的囚徒

决心

饭烧好

床单洁净

阳台的花开着

所有的衣物

收好在柜子里

但是她

出门去

不会再回来

永远永远

向晚

在暮色里拣豆芽
一根，一根
好的与坏的
分放到不同的容器

锅冒着热气
白米粥咕嘟，咕嘟
以童年起就熟悉的语言
诉说着日常的虚空

那时我曾梦想长大的世界
现在我就在那个世界里

我搅动锅底的粥
想起小林一茶的诗
明知道世界是一滴露水
然而啊然而……

...

还是要认真准备

一顿晚餐

不去想太多昨天的

以及明天的事

不重要

路太远
我起得太迟
前一晚泳游得太多
这个星期
我的心一共
碎了七次

以上都是今天早晨
我无法准时赶到
会场的原因
（也许是借口）
幸好对于会议
我并不重要

这么久了
我终于不再为自己
犯下这些小错
而久久自责

———— 二〇一六

短歌

雪花拥抱松针
伫立于虚空之门

但愿你横渡雪流
看见星星
为你焯起火焰

来不及拂拭的尘埃
在角落里攒成
另一个宇宙

在这片星系
我已迷失

—— 二〇一六

日常风景·虾

越新鲜越好

要趁它们活蹦乱跳

倒入滚沸的水中

半透明的青灰色

渐渐转成浅红

一个专有名词：虾红

安全的可食用的颜色

但它们的腿

好像还在走路

长长的触须来回摆动

她想起在某个水族箱

看过虾在水底的样子

觉得它们像水里的马

如果能生活在海底

她愿意驯养一匹　骑着它

四处漫游

...

现在她感到一种矛盾

她不是非吃它们不可

但它们出现在视野中

食物是唯一的身份

她在超市的水产部挑选它们

在收银台结算它们

她并没有想太多

除了一匹马的比喻

黑洞：一个比喻

你曾从一些星星边逃开

或者感受过某颗星的引力

但最终摆脱了它

你从未想过

捕获你的事物

如此可怖——

柔和　不易察觉

使你不知不觉中滑入

并唤起你想要继续

填满它的欲望

它温柔无限

听任你的意志

直到你开始觉察

其实四周空无一物

...

但是太迟了

它藏匿它的面容

——拒绝被认识

并吐出它的律令：

期待即妄想

以及

忘掉光

时刻

2016 的倒数第三天

零下七度

风大，空气好

天是蓝的

阳光毫无障碍落下

抚着地上

每个人的头

终于可以

长长地呼一口气了

想在大风里

跑起来

很好呀，都过去了

我是说，一切

生活的幻觉

曾像一片金色尘埃

如今它

在徐徐下沉

现在

你多么自由

—— 二O一七·二月

故事

开始
鞋磨破了脚
后来
脚磨破了鞋

开始和后来
之间的部分
便是整个故事

晚霞

车窗外
没人留意
绯红淡紫的云
在山野树丛间
燃烧又隐没

即使
有人看见
也只能
无可奈何吧

—— 二〇一七·二月

窗下有一棵杏树

窗下，不是窗前
略高出地面的视角
恰好可俯看它的全身

尚且年幼，因而并不高大
绿叶滋长，令人想动手触碰
还有膨胀的果实
如某天突然而至

想起开花的时候
那几天，她像远道而来
的故人，静立窗下
柔和的光镀在枝条上
之后落英纷纷

二〇一七·四月

成为鸟儿你就自由了

海在海里卷着波浪

森林在森林里藏着风

你在走向你的途中

成为一棵树

你最好避开人烟

成为鸟儿

你就自由了

我必须爱我的猫

我必须爱我的猫

因为整个世界

它只能待在一座小房子里

吃千篇一律的猫粮

隔着窗玻璃看麻雀

给它做绝育的时候

我的确思考了

不能恋爱的猫生是否值得一过

为此我原谅它

不做家务　吐到地毯上

衣服被单上沾满它的毛

我必须爱我的猫

因为整个世界

只有三个人爱它

我必须爱我的猫

我的猫对此无所谓

醒来

醒来门外是雾

是雨落在檐下的

铁桶里叮当响

是霜薄薄一层

覆在竹枝上

醒来是风呜呜刮着

高处的树

是雪一片一片

还在落，地上

已有半尺深

是风和日暖

听到破壳的小鸡叫

是夜半明月

忽然到了半窗

醒来是日上三竿

人不知去向

是过了日午

心有所失又不知缘由

...

醒来你今天

就满六岁了

以为自己终于长大

醒来明天三十岁

你想着人生

最好的时光已过

醒来在一座山上

细雨破庙犹如来世

醒来在旅途中

小旅馆星光依稀

似曾相识

醒来在一场大梦的中途

醒来身畔无人

古老洪荒的寂静涌来

醒来在不想醒来的时刻

在另一段命运里

二〇一八

动物们

最好不要去问
笼里的蝈蝈为什么
整夜叫个不停
要叫到什么时候

也不要去想猫一辈子
住在人的房子里
可能一生也见不到
自己的同类

以及那条鱼
在鱼缸里
独自活了九年

还有那只乌龟
就是一块会爬行的石头
整年沉默着
好像连食物也不需要

...

最好不要去想这些

不要去问活着

对它们来说是什么意思

否则再抱怨人生时

会觉得自己在无理取闹

深处

地铁是快的

也是慢的

它循环不止

你的旅行

却只有一段

你爱这座大城

因为你住在它的边缘

远远地看

它是小的

嗡嗡哼鸣着

如昼夜不安的

小甲虫

现在你起身

前往它的深处

最最最深处

生活与爱情

（也许有吧）

在那里发生

而你内心寂静

如童年的一场

雪

—— 二〇一八

离开

第
四
辑

日
常
风
景

深思熟虑还是转念之间
它纵身一跃　离开窗台
向夜色深处游去

明天早晨
三只熟睡的人类醒来
发现自己已被抛弃

但为时已晚
除了获得如下教导——

任何赞美
都是身外之物
唯自由可随身携带

—— 二〇一九·七月

灯

灯在树枝后面
夜空在灯后面

打树下走过
影子忽短忽长
穿过了树影

有时想起
树叶摇落时的顺从

有时想起
坚硬的木枝里
有火焰和水

晚风

晚风扫净夜空

一颗小星

在深蓝里闪烁

无须供电

没有月结账单

哦　谢谢

你这免费的光

尽管只是照亮

针尖般大小的天空

并于我全无用处

除了一种想象力的游戏——

幕布的另一面

谁的手在穿针引线

哪一双瞳孔捕获了它

命运是否因此改变

无穷的波

接近无限的透明

在一颗小星四周

我曾信步漫游

我读的书少

我读的书少
我的猫　从不阅读

我睡的觉多
我的猫　睡得更多
并且不会为此愧疚

我总有很多事要做
我的猫　无所事事
不知道什么是计划
和为明日准备

我有一小笔银行存款
和一大笔银行贷款
我的猫　不需要银行

我的衣服种类繁多

且常常苦恼于不够

我的猫　只有一身衣服

四季都很优雅

我洗脸

我的猫　也洗脸

却并不化妆　不见朋友

不出远门

我坐轻轨穿过城市

我的猫　巡视客厅

一天三次

我度过一天

我的猫　也度过一天

一秒钟不少

我们共享同一颗太阳

...

我听到雨声在窗外

我的猫　也竖起耳朵

但它并不伤感　也不会

像我一样写诗

当我创造这些句子

自以为捕捉到了什么

我的猫　是

神秘的存在本身

小孩在午后

小孩在午后
的阳光里跳绳
一下一下
风吹动杏树的叶子
此时的果实还绿着
不久就会转黄

小孩在我
空空的窗下跳绳
一下一下
绳子击打地面的声音
和风里传来的鸟鸣
一样好听

阳光多好呀
只有在童年
风才这么好
阳光才这么好

...

像一个人在阳光里

游泳　一下一下

时间是无限的

麻雀叫了一整天

麻雀可以在任何地方
窗下　草丛　水泥路
云雀则要求有云

云下有树　树下有溪
溪水清澈　碎阳光在水面
聚散跳跃　游鱼一闪

云雀抛弃我们
并非故意毫不留情
而是回到了云上

回到有树和溪水
的书页间　那里游鱼一闪
在我们的脑海中

我窗下只有麻雀
麻雀叫了一整天

后
记

写诗这件事，我是从读大学时开始的。算起来到现在，已经有相当长的时间了。如果一个人像我写了这么久，多半已经出了好几本诗集，或是周围的人已习惯了他诗人的角色。但对我来说，这若干年里，总共集起来的作品也没有多少，而且，也并不如好心的朋友所劝慰的那样：诗的数量多少并不重要。另一个事实是，如果身边的人不经意发现我在写诗，总会觉得很不可思议：想不到诗人离自己这么近，是这样默默无闻的样子。大约在多数人的生活里，"活体"的诗人并不多见，而想象中诗人似乎又总要有点惊世骇俗的意味。我却一点也不"骇俗"。

事实上，诗人这个称谓常常会令我感到羞赧。就像一件太过显眼的衣服，套在身上有一种尴尬，好像暴露了什么。我刚刚开始写诗的时候，校园里的确流行一种论调，就是 25 岁之后还在写诗的人，非傻即疯。写诗似乎只是一种年轻人才可以犯的美丽错误，能得到理解和谅解，甚至是，赞美。但是如果"长大了"还继续做这样的事，就是一种自我放逐了。而我对诗人称谓的羞赧，不仅仅是因为诗人的身份在我们

的社会语境中已被污名化而极易引起种种误解，还在于，在我的心目中，要成为一个真正的诗人，需要极其严肃与苛刻的条件。给自己贴上诗人的身份标签并不太难，难的是始终能够以诗的方式去创造。诗人回应世界的方式，必须是诗本身，而不是别的什么。

我甚至有种奇怪的感觉：只有当一个人在写诗的时候，才是诗人。就像一朵云飘过头顶，笼罩了你，但是它不会停住不动，这个充盈着创造力的神秘时刻很快会过去。那么当你不写诗的时候，你就是一个很平常的人。你做饭、吵架、谈恋爱、买菜、上班下班，给小孩辅导作业，等等。也许这些时刻会成为你写作的素材，或者你心里酝酿着未来的诗句，但这时候你并不作为诗人而存在。

诗人是你全然投身于词语，在世界和词语之间秘密地纺线、编织的时刻。这样的时刻，我相信对于即使是那些很伟大的诗人，在生活中所占的比例也不是太多。而另外更多的时候，你投身于生活本身，作为一个需要吃饭的人，养家糊口的人，一个母亲、丈夫、员工或者司机。诗人是一个动名词，当你在创造一首

诗时，它自动降临。

　　在我迄今为止的生活里，写诗是最不重要的一件事。不过，就像辛波斯卡说的那样，"我不确定重要的事 / 比不重要的事 / 更重要"。我喜欢她的这个说法。这并非一句漫不经心的俏皮话，而是某种对生活真相的揭示。在我们每天心急火燎要完成的重要事项中，并不包括听听灵魂说了什么。但是灵魂，谁也无法说它不重要。辛波斯卡的这句诗，经常在我的心里回响，让我想到古埃及神话里冥界的阿努比斯，他负责用天平来称量人死后心脏的重量。一个人死后，他的心将不能比一根鸵鸟的羽毛更重，否则就会被丢给狮身怪物吃掉。想想看，在阿努比斯的天平上，我们以为重要的事，有多少会让心脏变得沉重呀。

　　在一首诗里，我说，写诗这件事"部分地挽救了我的心"。写下这个句子时，我内心明显地感受到一种矛盾。一个声音对我说：多夸张啊，连"挽救"和"心"这样的大词都出来了，真是好笑。但我并没有删掉这个句子，因为对我来说这就是一个事实，我为什么要害怕说出来呢？在我们这个时代，强大的内心

似乎应是成人的标配，你需要时时保持头脑的冷静理智，否则就像进化不完善一样。但在我们漫长的一生里，谁的心不会碎掉几次呢（谢天谢地，心碎的时候我们才能确认它真的存在）。而且，多数时候，可怕的并不是心会碎掉，而是它会慢慢冷却，失去热力和活力，从最表层的硬壳逐渐向内延伸，一重一重麻木僵硬，直到变成一颗石头。

我不想夸大诗对于生活的功用，相反，最好每个写诗的人都能忘掉它还有这样那样的功用。但另一方面，它的确又会在现实向你提出种种不容回绝的要求时，为灵魂或内心保留一点可供回旋的余地。它是草尖上的一只小虫子，在秋天的窗下唧唧唧唧地叫着，你听着，无须做什么，也什么都做不了，但是你听到了，就好像是一种安慰。这只小虫子，不是从《诗经》里就开始叫了吗？

当世界正在变成一个巨型超市，一切事物都要被标上价格；或者变成一架庞然轰鸣的机器，每个零件都在执行一个你无法抵抗的任务；那么诗，既可以是你的呼吸和叹息，也可以是最小的自我释放。在每个

句子中，你都可以进行自由意志的练习，它们将和你的肉身一道，构成此时此地你无价的此在。谁也无法购买和命令一首诗。但它会撼动心灵的原子，成为一个人存在方式的一部分。

说了这么多，好像我是一个颇为"自觉"的诗人。其实并不是。我觉得自己在写诗这件事上一直相当懵懂随意，连一个好的写作习惯也没有。譬如说吧，有的诗随手写在本子上，有的存在电脑不知道哪个文件夹里，有的可能给朋友看一看，就不知道丢哪里去了。这些年里，总有相熟的朋友鼓励我，你要出诗集呀，我却只感到为难。要把那些写过的东西一个一个整理出来，想想都麻烦得要死。而且，那些诗写出来之后，对我来说它们的"价值"似乎就已经实现了。它们是下过的雨，开过的花，被吃掉的果实，生活过的生活。看上去，它们只是我的生活的副产品。它们对于别人，也有同样的价值吗？

但是，既然一直在做写诗这件事，也总有一种"还是要继续写下去"的心念，不免又对自己发出灵魂拷问：我是不是缺少一种对诗歌艺术的自觉追求呢？或

者，再往后退一步，既然一直在做着这一件事，总要做得像样一点才好。于是，就耐着性子把近些年来写的诗整理了出来。希望曾吹动我的一缕风，能通过我创造的那些句子，再次拂过读到它的人心头。这是可能的吗？我无法知道。但是，我自己的确曾以这种方式，与许多可爱的心灵交谈，或者倾听它们的窃窃私语。它们拓展了我精神的时空，使我透过这些闪烁的小星瞥见苍穹。

最后，自然要说一些感谢的话。

当我"事先张扬"想要出版一本诗集的时候（真实目的是给自己制造舆论压力，迫使自己行动起来），马上得到了身边朋友的热烈支持，在此一并表达谢意。而我特别想要感谢的是这本诗集的编辑姑娘。作为朋友，我们认识只有一年，而她的真诚、热情和无私甚至让我感到受之有愧。我觉得她比我自己对待这件事还要上心。没有她的实力支援，我的"事先张扬"极有可能最终沦为空想。她有一种神奇的魔力，让你觉得不管与她一道做什么，都有一种雪夜访戴的兴致。她的全神贯注，使每一件小事都富有魅力。能有

这样的朋友，实是人生幸事。如果要把这本书正儿八经地题献给什么人，那就献给她吧。

还要感谢乐府文化的出版人涂涂，一个号称"只做别人不做的书"的出版人。在我看来，他的出版同样富有即兴的诗意，与其说是出版的理想主义，倒不如说是浪漫主义（他的口头禅是，好好浪嘛）。他周围的朋友、下属因此而为他捏一把汗，他自己却玩得很 high。身为出版同行，我多少知道这条小路的风险，但对于喜欢追寻和探索的人，却恰好构成了一种邀请。他把这本诗集的出版命名为"诗歌的游戏"，我无比地赞同。我们所做的很多事情，如若不能在游戏的层面看待，便无法真的乐享其中、富有创造的热情和专注。而创造，对每个人来说，都是终极召唤。

是为后记。

巴哑哑

二〇二〇·五月·三十一日

图书在版编目（CIP）数据

因思念而沉着 / 巴哑哑著 . —— 北京 : 北京联合出
版公司 , 2021.2
ISBN 978-7-5596-4707-8

Ⅰ . ①因… Ⅱ . ①巴… Ⅲ . ①诗集－中国－当代
Ⅳ . ① I227
中国版本图书馆 CIP 数据核字 (2020) 第 222782 号

因思念而沉着

作　　者 : 巴哑哑
出 品 人 : 赵红仕
策　　划 : 乐府文化
责任编辑 : 徐 鹏
特约编辑 : 刘 玲
装帧设计 : 此 井

北京联合出版公司出版
（北京市西城区德外大街 83 号楼 9 层 100088）
北京联合天畅文化传播公司发行
北京美图印务有限公司印刷　新华书店经销
字数 22 千字　787mm×1092mm　1/32　印张 7
2021 年 2 月第 1 版　2021 年 2 月第 1 次印刷
ISBN 978-7-5596-4707-8
定价 : 39.00 元